눈사람의 편지

글/그림 김져니

눈사람의 편지

김져니 지음
초판 1쇄 발행 2025년 11월 20일
초판 2쇄 발행 2025년 12월 15일

펴낸곳 요호이
발행인 김재태
교정·교열 레이, 김재태, 홍현미
E-MAIL yohoi.official@gmail.com
SNS www.instagram.com/kimjourneydiary
ISBN 979-11-988988-8-3 03810
Copyright ⓒ Kimjourney, 2025
Illustrations ⓒ Kimjourney, 2025
All rights reserved.
본 책은 저작권법에 의해 보호를 받는 저작물이므로 무단전재와 무단복제를 금합니다.
책값은 뒤표지에 있습니다.

눈사람의 편지

글/그림 김져니

눈사람을 사랑한다면, 아마도 겨울을 사랑하고 있다는 뜻일 것이다.

조셉과 검은 털뭉치............10

삶에서 속도가 중요한가?............14

책장을 넘기는 낭만이란............18

눈사람은 종이를 좋아해............22

생일파티............28

조지 암스트롱맨을 만나다............32

눈사람과의 대화............38

작지만 거센 존재...........44

스노우 블렌딩 차...........48

진저의 케이크...........52

냉장고...........58

앤더슨의 재채기...........64

눈사람의 여행...........70

Epilogue - 눈사람의 편지...........74

조셉과 검은 털뭉치

당신이 묵묵히 앉아 사색을 즐길 줄 아는 사람이라면, 분명 눈 내리는 날과 비 내리는 날을 좋아할 것이다. 조셉도 마찬가지다. 조셉은 매년 이맘때면 가만히 앉아 지난날들을 떠올리곤 한다. 앞으로 있을 날을 상상하기보다는, 지나간 날에 대한 사색

이 더 쉬울뿐더러, 어떤 결과가 펼쳐질지에 대한 불안 요소도 없고, 때로는 기억을 입맛대로 각색할 수도 있기 때문이다.

눈이 펑펑 내리는 어느 밤, 조셉은 두 눈을 살포시 감고 몇 년 전 겨울날을  떠올리고 있었다. 기억 속 기억을 따라 그해 먹었던 진득한 초콜릿 쿠키를 다시 한번 꺼내어 맛보려던 순간, 어딘가에서 부스럭거리는 소리가 났다. 처음에는 근처 어딘가에서 부스럭거리더니, 어느새 그의 왼쪽 엉덩이 밑으로 와 본격적으로 부스럭대기 시작했다.

고개 하나 까딱하기조차 싫었던 조셉은—여러모로 움직임을 최소화하고 싶어 하는 부류의 눈사람이다—정말, 정말, 정말 그리고 정말로 귀찮았지만, 약 8도 정도 고개를 아래로 틀어 왼쪽 엉덩이 쪽을 내려다보았다. 검은색 털뭉치였다.

"어이- 거기 누구야."
조셉이 입을 열었다.

"잠깐만."
검은 털뭉치가 대답했다.
"아니, 거기 내 엉덩이라고. 조심해줘."

조셉의 신경질적인 말투에도 검은 털뭉치는 개의치 않았다. 그러더니 이번에는 조셉의 오른쪽 엉덩이 근처로 와 부스럭대기 시작했다.
"보자 보자 하니까, 너 나랑 한 번 싸우자는 거야?"
더 이상 견딜 수 없던 조셉은 재빠르게 주변을 두리번 확인하고는 자리에서 일어나 검은색 털뭉치를 내려다보았다. 그때였다.
"찾았다!"
검은 털뭉치는 조셉이 일어난 자리로 폴짝 뛰더니 빨간 리본을 집어 들었다. 빨간색 리본은 꽤 오랜 시간 - 조셉의 엉덩이 아래에 - 눌려 리본이라기보다 종잇장에 가까웠지만, 검은 털뭉치는 그 리본을 입에 물고 신이 나 폴짝였다.
"난 또 그게 뭐라고."
투덜대면서도 조셉의 입꼬리는 저절로 올라갔다. 종잇장이 된

리본을 들고 행복해하는 검은 털뭉치는 조셉이 12월을 맞이하며 만난 그 어떤 것보다도 귀여웠다.
"그래, 아니 뭐, 그런 거면 진작 말하지 그랬어."
조셉은 엉덩이를 들썩이며 혼잣말을 하고는 다시 자리에 앉았다. 검은 털뭉치는 그렇게 빨간 종잇장 같은 리본을 입에 문 채 폴짝폴짝 눈밭을 뛰며 사라졌다. 조셉은 다시 자리에 앉아 미처 입에 넣지 못했던 진득한 초코 쿠키를 떠올리기로 했다. 한 입 크게 베어 물던, 지난겨울의 그 달콤한…폴짝폴짝, 빨간 리본 털뭉치를.

삶에서 속도가 중요한가?

4년에 한 번, 눈사람 세상에는 동계 스포츠 대회가 열린다. 종목이 많지는 않지만, 태생부터 눈 속의 귀재들이라 하나하나 경쟁이 치열하다.

토마스는 차세대 스케이터로 내년에 열릴 대회를 위해 연습에 열을 올리고 있다. 바닥이 가장 단단하고 미끄러운 12월 말부터 1월 초까지가, 그에게는 스케이팅을 연습하기 가장 좋은 시기다.

눈사람들의 스케이팅 경기에는 특이한 규칙이 있다. 그들의 경기에는 출발점과 도착점이 정해져 있을 뿐, 누가 먼저 도착하느냐는 중요하지 않다. 보통 사람들의 스포츠 경기에서는 시간과 속도가 판단과 승부의 기준이 되지만, 눈사람들에게 그것은 아무 의미가 없다.

그렇다면 무엇이 중요할까? 친절히 설명하자면, 눈사람들의 스케이팅은 아무도 눈치채지 못할 정도로 교묘한 기술과 연기력으로 도착점에 도달하는지를 평가하는 경기다. 그래서 한 경기가 끝나기까지 꽤 오랜 시간이 걸린다. 다만 주의해야 할 점이 있다. 얼음이 녹기 시작하면, 아무리 능청스러운 연기도 소용없다. 적당한 속도감을 유지해야만 앞으로 나아갈 수 있기 때문이다. 또한 선수마다 코스가 달라, 경기를 전문적으로 판독하기 위해 거리 곳곳에 설치된 CCTV가 활용되기도 한다. 도착점에 도착하기 전에 눈이 녹아 실격당하는 선수도 있고, 거리의 아이들에게 들켜 실격하는 경우도 부지기수다. (아이들은 왜 눈사람을 보면 그토록 흥분할까. 선수들의 최대 난관은 언제나 아이들이다.) 그렇기에 경기를 성공적으로 마치려면 고도의 기술력과 약간의 운이 필요하다.

토마스는 오늘도 동작 하나하나에 집중하며 대회를 준비하고 있다. 그만의 승리 전략이 있는데—어차피 눈사람들은 이 글을 읽지 않을 것이라 판단하여 살짝 공개하자면—토마스는 연로한 어른들이 거주하는 동네를 경유할 예정이다. 그 동네에서는 눈사람이 귀하기 때문에, 지나가다 목도리를 하나 더 두를 수는 있어도 부서지거나 흔들릴 일은 없다. 게다가 왼쪽에 있던 눈사람이 오른쪽으로 옮겨가도 아무도 눈치채지 못한다. 노인들은 미끄러지지 않으려 늘 발밑만 바라보며 걷기 때문이다. 덕분에 다른 길보다 훨씬 순조롭게, 아무에게도 들키지 않고 스케이팅을 이어갈 수 있다.

아, 역시나 영리한 차세대 스케이터, 토마스.
이 젊은이의 내년이 기대된다.

책장을 넘기는 낭만이란

당신은 단 한 번도 눈사람이 움직이는 모습을 본 적이 없을 것이다. 그래서 이 책을 읽으며, 매 페이지를 넘길 때마다 고개를 절레절레 흔들고 있을지도 모른다. 그리고 이렇게 중얼거릴 것이다.

"아, 그냥 잠이나 잘 것을, 괜히 책을 펼쳤네."

게다가 눈사람이 책도 읽는다고 하면, 이건 또 무슨 소리냐며 의심스러워할 수도 있다. 하지만 눈사람의 유일한 취미는 독서다.

모두가 잠든 밤, 아무도 모르게 불을 켜고 책을 읽을 것 같지만, 등잔 밑은 언제나 어두운 법이다.

얼마 전 발표된 전화 설문결과에 따르면, 약 48.7%의 눈사람은 어두운 한밤중보다 밝은 낮에 하는 독서를 더 선호한다고 한다. 아무래도 밝은 낮의 선명한 시야가 눈사람에게도 편하기 때문이며, 어둠 속에서도 스마트폰으로 뉴스를 읽는 사람들과 달리, 눈사람은 아직 아날로그 세상 속에서 살고 있기 때문이다.

프랑크 역시 평소에 책을 많이 읽는 편은 아니지만, 매년 겨울이면 꼭 한 권의 책을 고르는 눈사람이다. 그는 이번 겨울에도 한 권의 책을 행복하게 읽고 있다. 그건 지난겨울, 오랜 시간을 함께 보냈던 마를르 여사가 알려준 독서법 덕분이다. 그녀의 독서법은 놀라우리만큼 단순했다.

   첫째, 눈이 정말 펑펑 내리는 대낮을 활용한다.
      바로 앞 5미터의 시야조차 희미한 날일수록, 눈앞 30센티미터의 시야는 오히려 또렷해지기 때문이다.
   둘째, 쏟아지는 눈발 속에서 즐겁게 책장을 넘긴다.

프랑크는 올해도 책을 품에 안은 채, 눈이 펑펑 쏟아지기를 기다리고 있다. 그는 이렇게 중얼거렸다.
"눈이 펑펑 쏟아지는 날에는 책이 꼭 읽고 싶어져."

당신도 프랑크와 함께 이 겨울에 취하고 싶다면, 지금 바로 책 한 권을 들어보길 추천한다.

눈사람은 종이를 좋아해

눈사람은 종이로 된 인쇄물 수집하는 일을 즐긴다. 마트 전단지부터 날짜가 지난 주간지, 잡지의 표지 한 장, 길가에 굴러다니는 영수증까지 모두 수집 대상이다. 눈사람이 유독 인쇄물 수집에 열광하는 이유를 몇 가지 들어보자면 다음과 같다.

    첫째, 가볍고 얇아 소지하기 편하다.
        (대부분 엉덩이나 등짝에 붙여 가지고 다닌다).
    둘째, 어떤 인쇄물이든 글을 쓴 자의 고민이 스며 있기에 그냥
        지나칠 수 없다.

셋째, 인쇄 매체를 사랑한다.

브람스는 인쇄물 수집에 빠진 수많은 눈사람 중 한 명이다. 다만 이 페이지를 빌려 브람스의 이야기를 소개하는 이유는, 그만의 특별한 수집 이야기를 전하고 싶기 때문이다.

그는 오랜 세월 인쇄물을 모아 작은 책을 만들어왔다. 그의 책은 대중의 관심을 받지 못했다. 브람스는 그저 묵묵히 책을 발간했을 뿐, 마케팅에는 관심이 없었기 때문이다. 그러던 어느 날, '기록의 재탄생'이라는 헤드라인으로 눈사람 일간지 「스노우 데일리」에 그의 책이 소개되었다. '무언가의 재탄생'이라는 말은 많은 눈사람의 마음을 울렸다. (아시다시피 눈사람은 매년마다 다시 태어난다.) 그 사건 이후, 브람스의 책을 짜깁기해 다시 발행하는 인쇄 유행이 어린 눈사람들 사이에서 퍼지기 시작했다. 그렇게 재인쇄된 책은 또다시 짜깁기되어 다시 발행되었고, 반복되는 인쇄 속에서, 책의 글자는 점점 흐

려져 결국 읽기 어려워졌다. 하지만 지나간 이야기를 되새긴다는 점에서, 그것은 눈사람들의 낭만을 자극했다.

"영수증은 됐어요."를 앵무새처럼 반복하는 인간들에게는 이해하기 어려운 낭만일 것이다.

그러나 이 한 가지만은 기억해두면 좋겠다.

모든 기록물에는 누군가의 시간과 이야기가 담겨 있다는 것을.

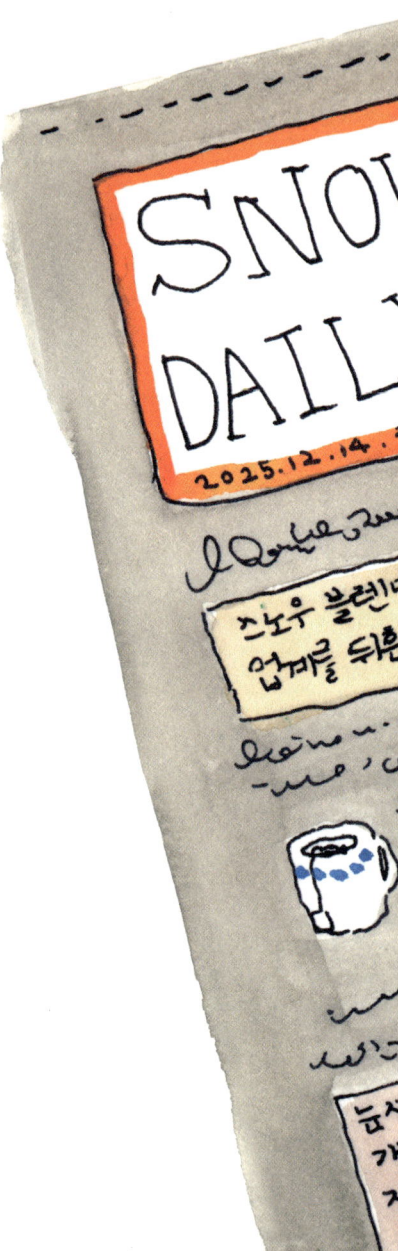

「스노우 데일리」, 제 875호 1면 (2025.12.14.)

국의 재탄생, 눈사람계의 기록광
프랑스 키들만을 소개하다!

**렛-잇-스노우, 극단적 저널리즘
폐지하라!**

달콤한 유혹
새로운 향을 맛보다.

생일파티

모두가 알다시피, 대부분의 눈사람은 눈이 내리는 겨울에 태어난다. (물론 일부 나라에서는 사계절 내내 눈사람이 만들어지기도 한다.) 그래서 통계적으로 겨울은 눈사람들의 생일파티 시즌이다. 하루에도 수십, 수백 곳에서 열리는 파티로 눈사람들은 온종일 촛불을 끄느라 분주하다.

루크는 파티를 사랑하는 눈사람이다.

그래서 겨울이면 초대받지 않은 생일파티에도 찾아가 열심히 노래를 부르고 박수를 치며 축하를 전한다. 오늘도 그는 옆집 눈사람 가족의 생일파티에 들러 열심히 노래를 부른 뒤, 두 시간 뒤에 있을 바로 옆집 생일파티에 가기 전에 잠시 집으로 돌아왔다. 푹신한 소파에 몸을 묻은 루크는 탁상 위 달력을 집어 들었다. 이 골목에서 오늘 밤만 해도 파티가 다섯 개 열린다. 세 번의 생일파티, 맥도날드 씨의 눈사람 은퇴식, 그리고 마지막 하나는 한겨울의 독서파티다. (원래는 와인을 곁들여 책을 읽는 모임이라 기대했지만, 주문한 와인이 오지 않아 결국 책만 읽는 모임이 되었다고 한다. 와인이 없다는 것도 서운했지만, 마실 것 하나 없이 어두운 밤에 책을 읽는다는 점은 더욱 마음에 들지 않았다.) 물론 그중 초대받은 파티는 두 개뿐이다. 하지만 그게 중요한 것이 아니지.

루크는 파티에 입고 갈 모자를 고르기 시작했다. 생일파티에는 빨간색 모자를 쓸 예정이고, 맥도날드 씨의 은퇴식에는 정중한 인상을 위해 엊그제 양장점에서 구입한 갈색 중절모를 쓸 것이다. 그리고 (솔직히 마음은 내키지 않지만 그래도 참석해야 할) 한겨울의 독서파티에는 서재에 꽂혀 있던 홈베이킹 책의 페이지를 뜯어 꼬깔모자를 만들어 쓰기로 했다. 어찌됐던 루크는 오늘도 행복한 겨울을 보내고 있다.

아주 행복한 겨울을!

조지 암스트롱맨을 만나다

눈사람은 늘 행복하다. 모든 것이 하얗게 덮인 세상 덕분일까? 복잡한 일들은 보이지 않으니까. 물론 햇빛이 정신 건강에 미치는 영향도 크겠지만 (실제로 겨울철 일조량이 급격히 줄어드는 일부 국가에서는 계절성 우울증 발생률이 증가한다), 눈사람들에게는 눈 덮인 세상이 정신 건강에 미치는 긍정적 영향이 더 큰 것 같다.

우울할 틈 없이 행복한 눈사람들을 지켜보고 있으니, 그들만의 또 다른 비법이 있지 않을까 싶어 『365일 건강한 눈사람 생활』

의 저자 조지 암스트롱맨을 만나고 왔다. 조지 암스트롱맨은 눈사람이 행복한 비결을 '부정적인 생각을 하지 않는 것'에서 찾았다.  물론 저자 역시 일조량과 우울증의 상관관계를 인정했지만, 그는 연구를 통해 흥미로운 점을 발견했다. 눈사람은 일 년 중 가장 일조량이 적은 겨울에만 활동하기 때문에, 건강한 삶을 유지하기 위해 세월을 거듭하며 진화해 왔다는 것이다. 즉, 눈사람은 생존을 위해 본능적으로 긍정적인 생각을 하는 존재로 진화해 온 셈이다.

 "어떤 것을 피하고자 하면, 오히려 그 피하고자 하는 대상을 계속 떠올리게 돼요. '코끼리를 생각하지 말라'고 하면 머릿속엔 가장 먼저 코끼리가 떠오르는 것과 같죠*. 그래서 눈사람들은 다른 곳으로 시선을 돌리기로 해요. 혹독한 환경 속에서 개체를 유지하기 위해, 본능적으로 긍정적인 생각을 떠올리는 집단으로 진화한 거죠."

*조지 암스트롱맨의 이야기가 궁금한 분들은, UC버클리의 인지언어학자 조지 레이코프의 '프레임 이론'에 대해 검색해보면 좋겠다.

조지 암스트롱맨의 이야기처럼, 부정적인 생각은 실로 무서운 것이다. 부정적인 생각은 개인을 잡아먹고, 더 나아가 그 주변의 이들을 잡아먹으며, 결국 주변 사람들의 가족들까지도 삼켜 버린다. 이것을 피하는 가장 쉽고 효율적인 방법은 '긍정적인 것들을 떠올리기 시작하는 것'이다. 그는 "긍정적인 생각은 노력에 달려 있다"고 말한다. 그의 저서에도 나와 있듯, 이 노력은 아주 작은 것에서부터 시작해야 한다. 작을수록 좋다. 예를 들면, 잠들기 전 먹을 딸기 생크림 케이크를 떠올리는 것처럼 단순한 것들이다.

조지 암스트롱맨과의 만남은 짧았지만 강렬했다. 나는 그와의 만남 이후, 우울한 생각이 들 때면 그와 함께 마셨던 밀크티를 떠올리며 조금씩 연습하기로 했다. 『365일 건강한 눈사람 생활』은 현재 온·오프라인 서점의 베스트셀러 도서다.

세상에서 가장 달콤했던 밀크티

눈사람과의 대화

누구나 한 번쯤은 눈사람과 대화를 나누는 상상을 해 본 적이 있을 것이다. 겨울은 그런 계절이기 때문이다. 크리스마스를 앞둔, 눈 내리는 날이라면, 더더욱 그렇다. 그런데 눈사람 역시 사람과의 대화를 꿈꾼다. 눈사람에게도 겨울은 그런 계절이기 때문이다. 낭만을 꿈꾸는 시간.

대부분의 눈사람은 말이 많다. 태생이 수다쟁이이기도 하지만,

그들의 일과를 보면 더 쉽게 이해가 된다. 눈사람은 하루에도 수십 명, 때로는 수백 명의 사람을 관찰한다. 뛰어가는 사람, 걷다가 넘어지는 사람, 투덜거리는 사람, 무엇이 그리 좋은지 콧노래를 부르며 지나가는 사람. 보통 눈사람은 사람들이 많이 지나는 길목에 당당히 자리 잡고 있기에, 많은 장면을 마주한다. 그리고 거리에 더 이상 사람이 보이지 않는 시간이 오면, 그들은 골목골목 모여 하루 종일 관찰했던 일을 나누며 이야기꽃을 피운다. 다만, 눈사람 조약 제1조 제1항이 있어 당신과 눈사람의 상상은 상상에서 끝나버리고 만다.

⟨눈사람 조약⟩
제1조 제1항. 눈사람의 질서 유지를 위하여 사람과의 언어적 교류 및 신호 전달 행위를 제한한다.
부칙 제3항. 사람이 말을 걸어오면, 대답하지 말 것.

이 강력한 조약에는 여러 의도가 있지만, 우선은 눈사람의 안전을 위한 일종의 자기보호적 목적이 있다. 눈사람이 말을 건다고 생각해 보자. 당신은 아마도—나에게 말을 건 것은 눈사람이라 믿기 전에—어디서 소리가 나는지 찾기 위해 눈사람 근처의 눈을 뒤적이다가, 결국엔 눈사람을 부숴버릴 것이다. 그러니 이 조약은 말을 걸자마자 다음 대화를 이어보기도 전에 피해를 보는 대참사를 막기 위한 장치다. 눈사람이 이런 강력한 조약을 지키는 이유는, 서로가 서로를 보호하기 위함이다. 눈사람의 따뜻한 마음에서 비롯된다.

찰리는 오늘 아침, 자신과 똑같은 복장을 한 작은 친구를 거리에서 만났다. 머리 위에 쓴 모자까지 똑같은 그 눈사람 복장의 아이를 보며, 오늘이 할로윈이었는지 착각이 들 정도였다. 찰리는 오늘만큼은 제1조 제1항이고 제2항이고 불문하고, 꼭 이 아이에게 말을 걸어보고 싶었다. 하지만 그는 옆에 있는 동료 눈사람을 위해 입술을 꾹 다물었다. 그때였다. 그 꼬마가 먼저 찰리에게 말을 걸었다.
"다바 나다나 아다다다리!"
찰리는 아이의 말을 전혀 알아듣지 못했다. 눈사람에게 먼저 말을 거는 사람을 만나는 것은 역사에 남을 만큼 이례적인 사건인데, 덩달아 알 수 없는 언어를 내뱉다니! 수다쟁이 찰리는 눈사

람 조약이고 뭐고 대답하고 싶었지만, 무슨 말인지 이해하지 못하는 스스로가 답답했다. 어떤 대답이 좋을지 머리를 굴리고 있는 와중에, 멀리서 아이를 부르는 소리가 들렸다.
"오라야, 이리 오렴!"
눈사람 복장의 아이는 뒤뚱뒤뚱, 자신을 부르는 쪽으로 걸어갔다. 찰나의 순간이었지만 찰리에게는 눈사람 인생에 있을 수 없는 영화 같은 하루였다. 그는 마음속으로 아이에게 말했다.
'꼬마야, 메리 크리스마스.'

내일은 또 어떤 일이 펼쳐질까!

작지만 거센 존재

지난번 눈사람들의 스케이팅 경기를 설명하며, 눈사람의 가장 큰 적은, 거리의 아이들이라 언급한 적이 있다. 관련하여 엊그제 눈사람 학술지 『렛-잇-스노우』*에 게재된 연구 결과가 매우 흥미롭다.

「작지만 거센 존재: 생애 초기 단계 인간의 과잉 에너지와 잠재적 위협성」 존 크라이시, *Snow Crisis Group* 수석 연구원

본 연구는 눈사람의 관점에서 인간을 관찰하고 해석하며, 미성숙 단계에 있는 인간이 발휘하는 과잉 에너지, 돌발성 그리고 예측 불가성에 주목한다. 특히 그들의 집요함과 호기심이라는 요소가 눈사람의 존재와 물리적 안전에 어떤 위협으로 작동하

는지를 분석하고 있다.

해당 학술지에 게재된 논문은, 인간은 나이가 어릴수록 행동 양상이 예측 불가능하다는 점에 초점을 맞추고 있다. 예측 가능성은 눈사람의 생존에 있어 중요한 요소다. 어른과 달리 어린이들은 언제, 어디에서, 어떤 이유로 호기심이 자극되어 돌발적인 행동을 하게 되는지를 도무지 알 수가 없기에, 눈사람에게 가장 위협적인 존재로 분류된다. 호기심이란 어디로 튈지 모르는, 정체불명의 것이기 때문이다. 특히나, 어린이의 호기심은 말이다.

* 눈사람 사회학회를 중심으로 매년 겨울 발행되는 학술지. 눈사람 문화, 생태, 사회 구조에 대한 연구를 다루며, 매년 약 2만 편 이상의 논문을 투고받지만, 채택률은 4% 정도에 불과하다

『렛-잇-스노우』에 게재된 그 연구 결과는 눈사람 사회에 큰 파장을 일으켰다. 심지어 오늘 아침 「스노우 데일리」에는 "겨울철 눈사람을 만들어주는 고마운 아이들을 위협적 존재라 일컫는 것이야말로 위협적인 발상이다"라는 내용의 비판 글이 실렸다. 하지만 그 글을 쓴 눈사람은 240여 페이지에 달하는 존 크라이시의 논문을 끝까지 읽지는 못했을 것이다. 자극적인 제목에만 반응한, 피상적인 비판이었을 가능성이 높다. 아무리 그래도, 하룻밤 새에 그 긴 논문을 다 읽고 비판문을 썼을리 없다. 우리 모두 알다시피, 눈사람들이란 밤이 되면 생일 파티를 다니느라 바쁘기 때문이다.

아무튼, 존 크라이시의 연구 내용을 계속 이어가 보자. 그는 수년간의 조사를 바탕으로 한 통계 자료를 통해 '눈사람을 만드는 행위와 인간의 나이 사이에는 상관관계가 없다'는 사실을 언급했다. 거리의 아이들뿐 아니라 2030세대, 나아가 노년층의 인간들 역시 눈사람을 만든다는 것이다. 더 흥미로운 점은, 해를 거듭할수록 중장년층이 제작한 눈사람의 수가 더 빠르게 증가하고 있었다는 사실이다. 이 연구 결과는 '겨울철 눈사람을 만

들어주는 고마운 사람'을 아이들로만 한정할 수 없다는 결정적 근거가 되었고, 동시에 생애 초기 단계의 인간, 즉 아이들을 위협적 존재로 규정하는 데 사용된 핵심 자료가 되었다.

끝으로, 그는 논문을 마무리하며 저출산이라는 인간 사회의 문제와 눈사람의 안전 사이의 상관관계에 대한 추가 연구가 필요하다는 제안을 남겼다. 시간이 허락한다면, 올겨울 『렛-잇-스노우』 제698호를 꼭 한 번 읽어보시길 바란다.

스노우 블렌딩 차

매 겨울마다 눈사람들의 위시리스트에 오르는 제품이 하나 있다. 바로 '스노우-블렌딩 차', 눈사람에게만 판매되는 고급 티백 차다.

'스노우-블렌딩 차'를 개발한 눈사람은 이 차를 판매한 금액으로 매해 겨울마다 눈꽃연금이라 불리는 어마어마한 수익을 남긴다. 머라이어 캐리의 크리스마스 캐럴 수익에는 미치지 못하겠지만, 나름 '어마어마-류'에 속하는 액수다. 물론 눈사람들에게는 돈이 큰 의미가 없기 때문에, 대단한 관심사는 아니다.

아무튼, 스노우-블렌딩 차는 존 스노우라는 눈사람이 개발했다. 아, 혹시 '스노우-블렌딩'이 눈사람의 스노우(Snow, 눈)를
의미한다고 생각했다면 오산이다. 그건 존 스노우의 성(姓)일 뿐이다. 존 스노우는 눈사람만을 위한 차를 만들기 위해 8년에 걸쳐 연구했다. 그가 원했던 것은 눈으로도, 코로도, 그리고 입으로도 만족을 이끄는 '궁극의 무언가'였다. 특히 눈사람은 향기를 맡아볼 일이 거의 없다는 것에서 착안했다. 눈사람이 가장 활발히 활동하는 겨울은, 거리에서 꽃이 사라지는 시기다. 게다가 사람들까지 목도리와 두꺼운 패딩으로 온몸을 감싸고 다니니, 그 흔한 화학 향조차 맡기 어려운 계절이다. 그래서 스노우 블렌딩 차는 '향'에 주력한다.
올겨울 부리나케 팔리는 베스트셀러는 쟈스민 향이지만, 허브

계열부터 베이커리 맛, 심지어 인스턴트식품 맛까지 존재한다. 최근에는 젊은 눈사람 세대를 겨냥한 마케팅에 주력하고 있다. 패스트푸드 맛 시리즈가 그 대표다. 새로 출시된 피자 맛, 햄버거 맛, 감자튀김 맛은 향과 맛이 신비로워 눈사람 사회 곳곳에서 화제가 되고 있다. 10대 눈사람 사이에서는 "이걸 안 마셔봤으면 대화에 낄 수 없다"는 말이 생길 정도다. 이 정도면, 눈사람이 아니라는 사실이 아쉬울 지경이다.

스노우 블렌딩 차는 25도에서 30도 사이의 미지근한 물에서 가장 향이 잘 우러난다. 눈사람을 위한 온도다. 온도는 조금 다르지만, 따뜻한 한 모금으로 몸을 녹이는 일은 눈사람이나 사람이나 다르지 않다.

혹 길을 가다 김이 모락모락 피어오르는 눈사람을 마주한다면, 그건 아마도, 당신이 보지 못한 사이에 스노우-블렌딩 차를 한 모금 들이켰기 때문일 것이다.

눈사람이나 사람이나 따뜻한 차를 사랑하는 건 매한가지인가 보다.

진저의 케이크

12월에는 크리스마스만 있는 것이 아니다. 앞서 말한 눈사람들의 생일 파티가 잔뜩 열리는 시기인지라, 골목골목 빵집마다 대목이다. 그래서 11월부터 빵집의 케이크는 물론, 밀가루 가격까지 폭등한다. 그래서 겨울은 눈사람이 비만이 될 확률이 가장 높은, '칼로리 대폭발의 달'로 불린다. 하지만, 겨울에는 늘 낭만이 가득한 법. 눈사람들은 치솟는 빵값과 체중계의 눈금 따위에는 아랑곳하지 않는다. 그들이 세상에서 가장 사랑하는 계절이기 때문이다.

진저는 유명한 파티셰다. 그녀는 수년째 마을 골목의 작은 빵집에서 자신만의 빵을 굽고 있다. 유명 체인점과 호텔에서 파티셰 진저를 영입하기 위해 수단과 방법을 다 써보았지만, 그 어떤 제안도 진저의 마음을 움직일 수는 없었다.

진저가 마을을 떠나지 않는 이유는 이곳에서 매년 열리는 생일 파티 때문이다. 진저의 남동생부터 아버지, 어머니, 할아버지, 할머니, 아버지의 동네 친구, 남동생의 베스트 프랜드, 어머니의 시골 동창, 진저의 초등학교 담임 선생님, 그 선생님의 여동생까지— 말하자면 끝도 없이 많은, 진저가 사랑하는 사람들이 그녀의 케이크로 생일 파티를 연다. 그리고 그 모두가 진저의 케이크를 사랑한다. 그래서 그녀는 생각했다.

"어차피 누군가를 위해 케이크를 구울 거라면, 바로 이곳이어야 해."

진저의 케이크는 늘 특별했다. 아마 이 특별함이, 모두가 파티셰 진저를 찾는 이유일 것이다. 그녀의 케이크가 특별한 이유는 세 가지다.

첫째, 스노우 크림.

진저는 생크림과 눈을 황금비율로 섞어 부드러운 스노우 크림을 만든다. 절대로 생크림만으로 케이크를 만들지 않았다. 눈사람들도—물론 체중계의 눈금에는 신경 쓰지 않는다고 말했지만—넘치는 뱃살을 피하고 싶은 마음은 다를 바 없다. 그 마음을 이해한 진저는 눈을 생크림에 섞어, 칼로리가 낮고 부드럽게 녹아내리는 크림을 완성했다. 많은 파티셰가 진저의 스노우 크림을 따라 하기 위해 노력했지만, 그녀의 황금비율을 완벽히 재현한 이는 없었다.

둘째, 딸기.

진저의 케이크가 특별한 두 번째 이유는 바로 딸기에 있다. 딸기는 언제 먹어도 맛있지만, 진저의 할머니 라이스가 재배한 딸기 는 달콤함과 새콤함이 절묘하게 어우러지고, 끝맛에는 초콜릿의 쌉싸름한 향이 살짝 맴돈다. 라이스는 그 비결을 누구에게도 알려준 적이 없다. 그저 할아버지 유보가 매년 봄이면 시장을 다니며 다크초콜릿을 맛본다는 소문만 돌 뿐이다. 대형 딸기 농장들에서 라이스의 재배법을 익히려 했지만, 그 맛을 흉내 내는 데 성공한 곳은 아직 없다. 게다가 라이스는 손녀 진저를 위해서만 딸기를 재배한다. 그러니 그 비법이 외부로 전해질 리가 없다.

셋째, 진저.
가장 중요한 이유는, 파티셰가 진저라는 사실 그 자체다. 그녀의 케이크가 황홀한 맛을 내는 이유는, 아마도 그것이 진저의 손끝에서 나왔기 때문일 것이다. 그 사실만으로도 충분히 행복해지는, 마법 같은 케이크다.

해가 지고 진저의 빵집 앞으로 눈사람들이 하나둘 모이기 시작하면, 그것은 겨울이 오고 있다는 신호다. 그리고 그건 곧, 빵집이 진저를 사랑하는 사람들로 가득 찬, 세상에서 가장 따뜻한 공간이 된다는 뜻이기도 하다.

사랑하는 나의 꼬맹이!

냉장고

북극에서 냉장고를 팔려면...이라는 말을 들어본 적이 있을 것이다. 실제로 미국의 한 가전회사에서는 판매율을 높이기 위해 에스키모에게까지 냉장고를 팔았다고 한다. 그 일화 이후로, 탁월한 영업사원을 두고 사람들은 이렇게 말한다 ― "북극에서도 냉장고를 팔 수 있는 사람."

그나저나 에스키모에게 냉장고가 필요하다면, 눈사람에게도 냉장고가 필요하지 않을까?

눈사람에게도 일정 온도에 보관하고 싶은 음식들이 있다. 예컨대 꽁꽁 언 오렌지 파운드 케이크는 아무리 따뜻한 커피와 함께 먹어도 반갑지 않다. (눈사람이라고 찬 음식만 먹는다고? 천만의 말씀.)

눈사람에게 냉장고라는 개념을 처음 소개한 인물은 스미스 프로즌이다. 스미스는 눈사람이 너무 뜨겁거나, 너무 차가운 음식을 선호하지 않는다는 사실에서 착안해 냉장고를 눈사람 시장에 내놓았다. 그리고 이 냉장고는 말 그대로 불티나게 팔렸다. 그 인기가 얼마나 대단했던지, 이후로 '스미스하다'*라는 신조어가 생길 정도였다. 그리하여 사람들은 이렇게 말하곤 했다.
"스미스는 냉장고를 스미스했다."
스미스는 여러 브랜드와 협업하며 매번 기발한 아이디어로 냉장고를 선보였는데, 올겨울 그는 또 한 번 놀라운 광고를 내놓았다. 지금부터 그 광고 장면의 일부를 소개한다.

*스미스하다 : 불가능해 보이던 일을 해내다, 혹은 놀라운 영업 성과를 거두다는 표현이다.

〈스미스의 슬기로운 스노우 블렌딩〉

1. 우리 스노우 블렌딩 티를 슬기롭게 마셔보아요.
2. 스미스와 함께 스노우 블렌딩 티를 냉장고해요! 차갑지도 않고 뜨껍지도 않은 향긋한 차를 언제든지 마실 수 있어요.
3. 냉장고 문을 열 때마다 스노우 블렌딩 티의 향이 가득한 효과는 덤!

〈스노우 블렌딩〉과 협업한 '스노우 에디션' 광고는 대히트였다.

〈스미스의 슬기로운 냉장고 생활〉

1. 추위로 꽁꽁 언 빵은 씹어 먹을 수가 없어요.
2. 이럴 때 스미스와 냉장고해요!
3. 빵집에서 사 온 빵은 냉장고에 보관하세요. 딱 맞는 온도로! 냉장고해요.

"아차차, 냉동실이 아니었지."

앤더슨의 재채기

아주 고약한 감기에 걸렸다가 약을 먹고 나은 적이 있는지 떠올려보자. 아마 그 순간을 '감사하게' 기억하는 사람은 없을 것이다. 왜냐하면 감기는 약만으로 낫지 않기 때문이다. 항히스타민, 아세트아미노펜, 덱스트로메토르판…익숙한 이름들을 떠올려 보지만, 그 어느 것도 감기로부터 완전히 해방시켜 주지는 못한다. 애초에 감기를 완치시키는 약은 존재하지 않는다. 그저 증상을 완화해 줄 뿐이다. 즉, 증상을 완화하는 다른 방법들도 함께 병행되어야 비로소 감기로부터 벗어날 수 있다는 소리다. 예컨대 따뜻한 생강차에 꿀을 타서 자주 마신다거나, 습도를 40~60% 정도로 유지해 코 점막을 회복시킨다거나, 따뜻한 스

프를 천천히 들이키는 일 같은 것들 말이다. 하지만, 사람들은 이 사실을 아는지 모르는지 재채기 한 번에 병원부터 찾는다. 감기에 가장 치명적인 눈사람들도 약을 먹지 않는데 말이다.

눈사람도 감기에 걸릴 것이라는 것은 상상해 보지 못했을 것이다. 워낙 겨울의 대명사인지라, 이 정도 추위는 즐기고 있지 않을까 하며 넘겨 집게 되기 때문이다. 그런데, 눈사람도 지독한 감기에 걸린다. 특히나 눈사람에게 재채기는 치명적이다. 참다 참다 못해 내뱉는 재채기에 엉덩이  부터 머리까지 온몸이 뒤흔들리고 간혹은 원치 않게 한쪽 머리가 오른쪽으로 기울여진다거나, 겨우 붙여둔 단추가 야멸차게도 바닥으로 내동댕이 쳐지기 때문이다.

"에에-에-에취."

코가 근질근질한 것을 더 이상 참지 못하고 앤더슨은 속이 시원하게 재채기를 내뱉었다. 동시에 그의 눈 밑에 달려있던 홍당무 하나가 바닥으로 툭 떨어져 버렸다. 홍당무 옆에는 조그마한 빨간 단추  하나와 검정 자갈도 함께 있었다. 앤더슨의 자켓에 달린 단추와 왼쪽 눈이었다.

"이럴 줄 알았어."

이제 그는 하염없이 그의 눈과 코를 달아줄 누군가를 기다려야만 한다. 누구든 이 겨울, 낭만을 잃지 않고 그에게 다가와 준다면 얼마나 행복할까. 앤더슨은 만약 밤이 깊도록 구원자가 나타나지 않는다면, 홍당무와 단추, 그리고 자갈을 들고 브랜든의 생일 파티로 가기로 마음 먹었다.

올겨울은 그 어느 때보다 바람이 세차니, 눈과 코가 떨어진 친구들도 많을

것이다. 마주 앉아 서로의 눈과 코를 붙여주면 그만이지.

그때, 그의 입과 코 사이 어딘가가 다시 근질거렸다.

'에라, 더 이상 참을 필요가 뭐 있겠어.'

앤더슨은 결심하고 아주 크게 재채기를 했다.

"에에에에에 —에취!"

"내년엔 저 홍당무가 좋겠어."

눈사람의 여행

날이 따뜻해지면, 눈사람들은 여행을 떠날 채비를 한다.
어디로 갈지 모르는 여행이다.
그래도 날이 추워지면 곧 다시 돌아올 예정이기에 배낭은 최대한 가볍게 한다.
이 여행을 기다리며 아무리 추운 겨울날도 버틸 수 있는 것이다. 그리고 겨울에만 느끼는 행복이 있어 이 여행을 즐길 수 있기도 하고.

이번 겨울도 반가웠다, 눈사람아.
또 보자!

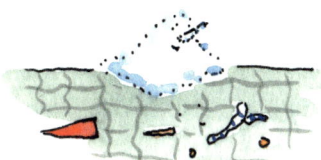

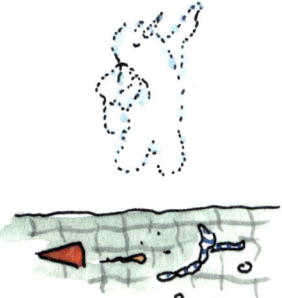

Epilogue - 눈사람의 편지

나의 벗, 크리스티나.
여긴 미국 캘리포니아 해변이야.
따뜻한 햇살 아래 이렇게 누워 있는 게 얼마나 행복한 일인지 잊고 있었지 뭐야.
여기서 새로운 친구들도 많이 사귀었어. 다들 자기 얘기 하느라 바쁘지만, 나는 그 동네의 겨울은 어땠는지 궁금한 마음에, 주로 듣고만 있어.
내일은 아마 이동할 것 같아. 바람이 불 예정이라 거든.
아무튼, 보고 싶다!
또 소식 전할게.
네 얘기도 들려줘.

To. 나의 벗 크리스티나-

여긴 막 향기파나에 해질녘이야.
따뜻한 햇살 아래 애들과 뛰어놀고
얼마나 행복한 인연지, 잊을 수 있지.
다들 자리 잡기 하느라 바쁘지만, 나는 그동안에 저물은
이따금씩 끔찍한 마음에 주로 둔만 있어
세월은 아마 이들을 말겠지. 비갈이 볕 여겨주기를
쉬듯 보고싶다. 또 소식 전할게
비얘기도 들려주고.

CALIFORNIA
AUG 13
2026
POST

크리스티나 킴
33.87°S 151.21°E

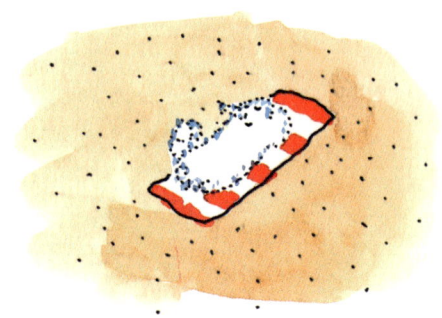

갑자기 어른 | 에세이

위를 바라보는 삶은 좀 질린다. 나는 나를 바라보는 삶을 살아야지.

나를 아끼는 마음 | 에세이

아니, 솔직히 말해보자고. 우리는 정말 좋은 사람이 되어야 할까?

아무래도 좋은 하루 | 에세이

어떻게든 둥글게 둥글게 세상을 바라보는 어른의 이야기.

내가 되고 싶은 사람 | 에세이

내가 되고 싶은 사람은, 나의 행복을 지켜내는 사람.

스물다섯 가지 크리스마스 | 소설

매일이 크리스마스인 사람들을 위한 스물다섯 가지 이야기.

14번가의 행복 | 소설

14번가에서 벌어지는 행복한, 어쩌면 행복을 찾는 사람들의 이야기.

How To Love Myself 나를 아끼는 60가지 방법들 | 일러스트북

아무도 아껴주지 않는 나의 마음, 내가 먼저 아껴줄 수 있을까요?

폴라리또와 나 | 소설

빙하가 녹는다면? 폴라리또와 친구들에게 펼쳐지는 여정을 담은 이야기.